Mi primer cuento de Winnie Pooh™

Pooh va al médico

Kathleen W. Zoehfeld
Ilustración de Robbin Cuddy

Traducción de Cristina Aparicio
Armada electrónica de Alexandra Romero Cortina

GRUPO
EDITORIAL
norma

Barcelona, Bogotá, Buenos Aires, Caracas, Guatemala, Lima, México,
Miami, Panamá, Quito, San José, San Juan, San Salvador, Santiago de Chile

Pooh Va al Médico

©1999 de la versión en español por Editorial Norma S.A. A.A. 53550,Bogotá, Colombia
Todos los derechos reservados para Argentina, Bolivia, Chile, Colombia, Costa Rica, El Salvador, Ecuador,
Guatemala, Panamá, Paraguay, Perú, Puerto Rico, República Dominicana, Uruguay y Venezuela.
Printed in Colombia. Impreso en Colombia por D'vinni Editorial Ltda. Febrero de 1999.
Primera reimpresión, junio de 1999. ISBN 958-04-4887-6

Disney

Mi primer cuento de Winnie Pooh

Pooh va al médico

–Christopher Robin dice que es hora de mi examen animal –dijo Winnie Pooh–. En este momento le está llevando el maletín de médico a Búho.

–¿¡Maletín de médico!? –exclamó Piglet–. ¡Oh, p-p-pobre P-Pooh, estás enfermo!

–¿Enfermo? –preguntó Pooh–. No, estoy bien, aunque mi pancita me retumba un poco.

· –¡Entonces, eso debe ser! –exclamó Piglet.

–¿Qué debe ser?– preguntó Pooh.

–Tu pancita, debe estar enferma –dijo Piglet.

–¿Está enferma? –preguntó Pooh.

–¿No lo está? –preguntó Piglet.

–Pues tal vez sí, debe estar enferma. Creo –dijo Pooh. Su pancita retumbaba y saltaba.

–Oh, caramba –dijo Piglet–. Vamos juntos, es mucho mejor ir acompañado.

–¡Bienvenido, osito Pooh! –exclamó Tigger, que había puesto un escritorio en la entrada de la casa de Búho–. En cuanto salga Rito, será tu turno de entrar a ver a Búho.

–Christopher Robin, ¿por qué necesito un examen animal? –preguntó Pooh.

–Osito bobito –dijo Christopher Robin–. No es un examen animal sino un examen general. Debemos estar seguros de que estás sano y creciendo como debe ser. Y esta vez Búho te pondrá una inyección especial para que te mantengas sano.

—¿Una inyección? —preguntó Pooh. La pancita le dio un vuelco.

—¡¿Una inyección?! —exclamó Piglet—. ¡Oh, caramba!

—No te asustes —dijo Christopher Robin—. Sólo te dolerá unos segundos y la medicina evitará que te den paperas, sarampión y cosas así.

—Materas y champiñón —le susurró Pooh a Piglet—. Horrible.

—Muy horrible —dijo Piglet.

En ese momento Rito salió saltando de la casa de Búho.

—¡Ya me examinaron, fue fácil! —exclamó—. Tigger, dame uno azul, por favor.

Tigger infló un globo azul para Rito.

—Ven por acá, Pooh —dijo Conejo, que estaba haciendo de enfermera.

—B-Buena suerte —dijo Piglet.

Pooh entró en la casa de Búho con Christopher Robin a su lado.

Por fortuna la casa de Búho estaba calientita, porque Conejo le dijo a Pooh que se quitara la camisa.

—Siéntate sobre esta mesa, osito —dijo Conejo.

Conejo enrolló una banda amplia alrededor del brazo de Pooh. Empezó a llenar la banda con 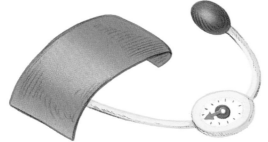 aire y esta se hizo más y más apretada.

—¿Cómo se siente? —preguntó Conejo.

—Apretada —dijo Pooh.

—Este instrumento me dice que la presión arterial está perfecta —dijo Conejo.

—Ahora, párate en la balanza. Te pesaré y te mediré... ¡Ajá! La altura perfecta para un oso Pooh de tu edad, pero un poco pasado de peso. Nada que un poco de ejercicio no pueda arreglar...

—Yo hago mis ejercicios para adelgazar todas las mañanas —dijo Pooh.

—Excelente —dijo Conejo—. Sigue con la buena costumbre. Ahora, si me excusan, tengo muchas cosas importantes por hacer. Búho pronto estará con ustedes.

Christopher Robin le hizo un gesto de aliento a Pooh, cuando Búho entró haciendo un ademán de saludo.

—¡Eh, pero si es Winnie Pooh! —exclamó—. Es un día espléndido como para un examen, ¿no te parece? ¿Cómo te sientes?

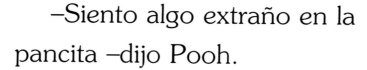

—Siento algo extraño en la pancita —dijo Pooh.

—Hum —dijo Búho—. Déjame ver.

Búho le palpó la pancita a Pooh, luego el cuello y debajo de los brazos.

—Todo parece estar donde debe estar.

—Oh... qué bueno —rió Pooh.

—Ah, y mi otoscopio también está donde debe estar, aquí en mi maletín —dijo Búho.

—¿Un o-to-qué? —preguntó Pooh.

—Sólo es una linterna pequeña —dijo Búho—. Y me ayudará a examinar tus oídos… hum… tus ojos… muy bien… tu nariz… excelente… y tu boca y tu garganta. Abre la boca y di "ahhh".

—Ahhh —dijo Pooh. Búho oprimió suavemente la lengua de Pooh con un bajalenguas.

—¡Maravilloso! —exclamó Búho.

Luego Búho sacó un pequeño martillo de caucho del maletín.

—¡Hora de revisar los reflejos! —dijo con emoción.

—¿Qué son reflejos? —preguntó Pooh.

—Con un golpecito en la rodilla, verás —dijo Búho. Le dio un golpecito en la rodilla a Pooh y su pata dio una leve patada.

—Oh, hazlo otra vez —dijo Pooh—. Esto es divertido.

Y Búho le dio otro golpecito y la otra pata también dio una leve patada.

–Este instrumento se llama estetoscopio
–dijo Búho–. Sirve para escuchar.

–¿Escuchar qué? –preguntó Pooh.

–Los latidos de tu corazón –dijo Búho.

–¿Quieres oírlos?

Pooh escuchó atento:

pum-pum, pum-pum, pum-pum.
Le recordaba un poema, un
poema tranquilo y pausado. Y no
le molestó en lo más mínimo
cuando Búho le dijo…

–Siéntate en las rodillas de Christopher Robin. Te voy a poner una inyección.

–Ya sé que sólo me dolerá por un momento y evitará que me de materas y champiñón –dijo Pooh con valentía.

–Es paperas y sarampión, Pooh –corrigió Búho.

–¿Piglet puede entrar para tomar mi mano? –preguntó Pooh.

–Claro que sí –dijo Búho.

Cuando Búho terminó, Conejo entró con una venda.

–Te sentirás mejor en poco tiempo –le dijo y le puso la venda.

–Oh –dijo Piglet–. ¡Ni siquiera lloraste!

–Un examen general no es problema alguno para un osito valiente como Pooh –dijo Christopher Robin.

"Soy esa clase de osito", pensó Pooh al ponerse la camisa.

—Pooh —dijo Búho—, estás muy bien, pero tu pancita está haciendo ruidos. Te recomiendo un gran pote de miel en cuanto llegues a tu casa.

—Christopher Robin —susurró Pooh—, ¿eso quiere decir que no puedo volver a comer miel?

—No, eso quiere decir que sí te puedes comer un gran pote de miel apenas quieras —dijo Christopher Robin.

—Pues quiero uno ya —dijo Pooh, que se sentía mucho mejor del estómago.

—Ta-tá, eso es todo por ahora —exclamó
Tigger—. ¡No olvides tu globo!

—Gracias, Tigger —dijo Pooh, y dejó
que Piglet llevara el globo de regreso a
casa para almorzar.